I0686363

CLÉMENT FERRIÈRE

# FLEURS ET ÉPINES

**Essais Poétiques**

**BORDEAUX**

Imprimerie Racot, rue de la Bourse, 11-13

# FLEURS ET ÉPINES

CLÉMENT FERRIÈRE

# FLEURS ET ÉPINES

## Essais Poétiques

**BORDEAUX**

Imprimerie Rabot, rue de la Bourse, 11-13

1861

I

---

# UNE NUIT EN CHEMIN DE FER

## DE BORDEAUX A PARIS

---

**Premier voyage loin du toit paternel**

---

A MA MÈRE

---

Voyager ! Heureux sort ! Destin digne d'envie,

Où chaque jour le cœur rencontre l'imprévu !

Que l'on doit être heureux !... Qu'on doit aimer la vie,

Sans cesse à visiter ce qu'on n'a jamais vu !

Ainsi parlais-je seul, assis dans l'angle sombre

Du véhicule ardent aux rapides essieux :

Partout autour de moi la nuit répand son ombre,

Et le sommeil du soir s'arrête sur mes yeux.


Alors aux doux accents d'une voix attendrie

Mon âme était émue, et mon cœur écoutait

Ce que la douce voix tendrement répétait,

Car c'était une voix chérie :


I


« Sur l'océan du monde, enfant, crains le danger :

« Prends garde ! des écueils seront cachés sous l'onde.

« Hélas ! ton frêle esquif sur l'océan du monde

« Pourra-t-il longtemps surnager ?


« Avant de pénétrer dans ce grand labyrinthe,

« Prends le fil conducteur qui guidera tes pas ;

« Et si du bon chrétien tu suis la règle sainte,

« Enfant, ne crains plus le trépas !... »


Pour la première fois, mon âme est déchirée ;

Ce rêve douloureux m'inquiète, et je vois

Mon père au regard triste et ma mère éplorée....

Car c'est pour la première fois !


Pour la première fois, dans un retour suprême,

Je pleure du foyer les caressantes voix....

Je pars seul... m'éloignant de ceux que mon cœur aime...

Et c'est pour la première fois !...


## II

Pour la première fois aussi le rail qui grince

Me porte vers les murs de la ville des rois ;

L'on dit Paris si beau ! Trève ! trève ! Province,

Car c'est pour la première fois !

Et devant moi, soudain, la ville enchanteresse

Ouvre ses plis :

Son aspect radieux dissipe ma tristesse...

Vive Paris !

Février 1860.

## II

---

# HIRONDELLE ET POÈTE

—

A ÉLIZABETH DE S.-V.

—

— Pourquoi partir si tôt, fugitive hirondelle ?

Pourquoi si jeune encore affronter le danger ?

Pour la première fois, pourquoi donc infidèle,

Désertes-tu ton ciel pour un ciel étranger ?

N'as-tu point de regret des lieux qui t'ont vu naître,

Du nid qui sous mon toit berça tes premiers jours ?

Reste, hirondelle mes amours,

Ne t'en va pas, reviens chanter sur ma fenêtre ! —

— Ailleurs, le sombre hiver me sera moins cruel :

Là je vivrai tranquille à l'abri des orages,

On m'a dit que, toujours limpide et sans nuages,

Là je retrouverai la beauté de mon ciel.

Mais quand de mon exil mes yeux verront renaitre

Dans les champs paternels la joie et les beaux jours,

    Et l'hirondelle et ses amours

Au printemps reviendront chanter sur ta fenêtre. —


— Hélas ! durant le cours de ton exil lointain,

Je ne t'entendrai plus, hirondelle si chère,

Je ne te verrai plus, radieuse et légère,

Venir en folâtrant becqueter dans ma main.

Le bonheur avec toi d'ici va disparaitre !

Vers un autre horizon va goûter d'heureux jours :

    Pars, hirondelle mes amours,

Et reviens au printemps chanter sur ma fenêtre !


Octobre 1860.

## III

---

# MALHEUR ET CHARITÉ

---

A MADAME E. GUILLOT

---

Dans mes pieux loisirs, promeneur solitaire,

J'allais du temple saint franchir le sanctuaire,

Quand passant devant moi, quatre hommes en pleurant

Sur un lit, étendu, transportaient un mourant.

Et mon cœur de pitié se serre à cette vue ;

Je suivis tout ému jusqu'au bout de la rue

Ce convoi de douleur, lorsqu'en ce même lieu,

A mes yeux attristés se montre l'Hôtel-Dieu.

Bientôt sous le portique apparait une femme ;

Son regard maternel semble un reflet de l'âme ;

Le rosaire divin retombe à son côté.

Elle avance : c'était la sœur de charité.

Auprès du moribond, le sourire à la bouche,

Elle soutient le bord de sa fiévreuse couche.

Je m'inclinai devant cet ange de douceur,

Et suivis attendri celui dont le malheur

Venait de voir briller le rayon d'espérance

Dans ce regard ami, — baume de la souffrance.


O vous qui de la vie ignorez les douleurs !

Vous qui n'avez connu d'elle que les douceurs,

Qui des malheurs d'autrui méconnaissant la cause,

Sans toucher à l'épine avez cueilli la rose !

Vous les heureux du monde, ah ! venez avec moi !

Venez ! Mais de vos cœurs bannissez tout effroi !...

Ne croyez point trouver dans ce lieu de martyre,

Au milieu des accès de la fièvre en délire,

Ce moribond du monde où l'on meurt délaissé,

Où sur un vil grabat dans un grenier glacé,

Invoquant de la mort les sinistres fantômes,

Un homme, un frère meurt en maudissant les hommes ?

Entrez ! Voici la sœur ; amis, suivons ses pas.

Voyez ! tout est tranquille.... et cependant.... là-bas,

Là-bas, dans ce recoin....écoutez.... une plainte,

Faible et suprême effort d'une poitrine éteinte :

« Bénissez-moi !... Merci !... Je crois en Dieu !... ma sœur !

« Faites que dans vos bras je m'endorme, Seigneur !.... »

Et la fleur de la vie a fermé sa corolle,

Dans le dernier soupir de l'âme qui s'envole.


— Ma sœur, quel est cet homme et le connaissez-vous ?

— Cet homme est malheureux, cela suffit pour nous !

— Mais, comment voyez-vous, sans nulle répugnance,

De ces corps corrompus la hideuse souffrance ?

Et pour des inconnus pourquoi tant de douceur ?

— Est-ce donc un vain nom que le nom de ma sœur ?

On n'entend que ce nom, sous ce toit tutélaire ;

Et quand on dit : ma sœur !... moi je réponds : mon frère !...

Et la vierge aussitôt, l'œil humide de pleurs,

Retourne soulager les humaines douleurs.


Son front est toujours pur et sa bouche sereine ;

Son cœur, baume divin, console toute peine ;

Des malades charmant le douloureux ennui,

Son âme est leur refuge et son bras leur appui ;

Et tous ces malheureux qu'enchaine la souffrance,

Dans son tendre regard retrouvent l'espérance.


Mais ce n'est point assez, anges de dévoûment

Étendez vos sillons, semez plus largement.

Et de la charité la semence féconde

Fructifiant toujours, remplira tout le monde.

Allez régénérer ces rivages lointains ;

Ramenez à la foi ce reste des humains.

Allez à l'exilé parler de sa patrie,

Ayez pour lui les soins d'une mère chérie :

Et quand reparaîtra la tristesse du soir

Bercez son pauvre cœur d'un doux et saint espoir.


Mais soudain le canon de sa voix formidable

Rassemble des soldats la phalange innombrable.

Contre les ennemis nos bataillons pressés

Au mépris du trépas se sont tous élancés.

La mort vole partout, avide de victimes :

Elle arrête le frein des héros magnanimes ;

Le soldat sur le sol gémit ensanglanté !....

Mais quoi ! vous êtes là, fille de charité ?

Votre âme était émue.... elle s'est attendrie

Aux accents de douleur des fils de la patrie !

Et vous volez toujours au milieu du danger ;

Et sans souci du fer, du feu de l'étranger,

Du soldat défaillant vous bandez la blessure.

Mais votre charité, sans borne et sans mesure,

De mourant en mourant, de trépas en trépas,

Vers la mort qui surgit entraînera vos pas !....

Et vous, prêtre des camps, des soldats digne père,

Vous, venez accomplir votre saint ministère :

Absoudre vos enfants sur leur sanglant autel,

Fortifier leur âme et la conduire au ciel !

Sans reproche et sans peur, guerriers, allez combattre,

Et sur votre front pur si la mort vient s'abattre,

Elle réunira, dans leur céleste éclat,

La sœur de charité, le prêtre et le soldat.

Août 1860.

# IV

---

## SOUVENIRS ET REGRETS

### Rêverie

---

A ÉLIZABETH DE S.-V.

---

Ange adoré, viens visiter ma couche !

Reviens, ami, vers mon cœur abattu.

En vain ton nom sort brûlant de ma bouche,

Ange adoré, dis, quand reviendras-tu ?

Pour partager ton séjour ineffable,

J'ai de la mort imploré le secours ;

Viens achever le tourment qui m'accable,

Ange adoré, viens, je t'attends toujours !


Quand le trépas, à sa fille chérie,

Vint enlever un père vénéré,

Tu me promis ton amour et ta vie,

T'en souviens-tu, dis, mon ange adoré ?


Puis, de nos jours abrégeant la tristesse,

Combien, le soir, tu nous trouvais heureux !

Mais si nos yeux brillaient trop d'allégresse,

Un souvenir les reportaient aux cieux.


Ma mère, alors, ma bonne et tendre mère

Crut retrouver ce qu'elle avait perdu :

Elle un soutien, et pour sa fille un frère,

Ange adoré, dis-moi, t'en souviens-tu ?

Et quand la mort l'enleva sous son aile :

Adieu ! Je pars, nous dit-elle, aimez-vous !....

Tu répondis : Moi je reste auprès d'elle ;

Partez en paix, mère, priez pour nous !


Si jeune, hélas ! aux douleurs condamnée,

De ton départ bientôt je dus souffrir ;

Pour avoir part à votre destinée,

Ange adoré, que je voudrais mourir !


Pour partager ton séjour ineffable,

Vois ! de la mort j'implore le secours ;

Viens achever le tourment qui m'accable,

Ange adoré, viens, je t'attends toujours !


Déjà la nuit a dissipé ses voiles,

L'aurore semble amener un beau jour ;

L'air est serein, le ciel n'a plus d'étoiles,

Et seule, ici, moi j'attends ton retour.

Ange adoré, viens visiter ma couche,

Reviens, ami, vers mon cœur abattu !

En vain ton nom sort brûlant de ma bouche,

Ange adoré, dis, quand reviendras-tu ?

Octobre 1860.

V

# L'ENFANT AU BERCEAU

A MON NEVEU FERNAND B...

Petit enfant dans ton berceau,

Que j'aime à voir ton innocence !

Que j'aime à voir de l'espérance

Dans tes yeux briller le flambeau !

Que j'aime de ta bouche rose,

Fraîche corole à peine éclose,

Le doux murmure, écho des cieux !

Car ce nom que ta voix bégaie

Ce doux nom que ta langue essaie

Est un nom pur, harmonieux !


Je le devine en ton sourire,

Ton regard divin le respire,

Quand sur ton nid, petit oiseau,

Se penche l'aile maternelle ;

Lorsque je le vois sous ton aile,

Mère que ton enfant est beau !


Que j'aime en ta peur enfantine,

De tes yeux la perle divine,

Que vient éteindre un tendre écho !...

C'est ta mère qui dit : Sommeille!

Mon cœur, nuit et jour, prie et veille,

Enfant chéri, sur ton berceau !

Septembre 1860.

VI

## TRISTESSE

Le soleil a paru : c'est son dernier regard ;

L'automne va finir, je descends vers la tombe ,

Chaque feuille qui tombe,

Fidèle précurseur, annonce mon départ.

Le monde n'eut pour moi ni charme ni délice ;

Abandonné du sort, j'ai vécu pour souffrir !

Puisqu'il me faut mourir,

De mes jours, sans regret, je fais le sacrifice.


Dans mon ciel n'a pas lui l'étoile du bonheur ;

Je n'ai vu que tristesse en ma vie éphémère !

Le baiser d'une mère

Jamais d'un saint amour n'a fait battre mon cœur.


Éteins-toi, de ma vie ô flamme vacillante !

Dans mon triste abandon moi j'ai toujours gémi,

Sans qu'une main d'ami

Vint, dans un doux regard, presser ma main tremblante.


Bientôt inanimé, froid, poussière, et puis rien...

Un corps disparaîtra dans le sein de la terre ;

Un nom sur une pierre :

Et, reste d'un mortel, ce nom sera le mien !


Novembre 1860.

# VII

———

## PARFUMS ISOLÉS

—

A GABRIEL DE LALOUBIE

—

Il est en un lieu solitaire

Un frais et délicieux parterre,

Que le ciel à parer prend soin,

Où mille fleurs aux doux langages

Ont des parfums pour tous les âges !

Et moi, j'en connais le chemin.

Dans ce séjour, avec ivresse,

Le cœur s'enivre de tendresse,

Car il rencontre sous sa main,

Dans les fleurs la plus recherchée ;

Cette fleur c'est la plus cachée !

Mais moi j'en connais le chemin.


Parfums sacrés, baume de l'âme,

Du cœur céleste et pur dictame,

Embaumez le parterre humain ;

Car, dans votre fleur immortelle

Pour vous trouver, la voie fidèle

De l'amitié c'est le chemin !


Juin 1860.

# VIII

---

## MARTHA OU LA FILLE DU VANNIER

---

### I.

C'était le soir : la lune en onde diaprée

Répandait sa clarté sur toute la contrée;

A genoux près de l'âtre, une fille priait;

Ses regards se portaient au seuil de la chaumière :

Et puis, elle baissait son humide paupière;

      Puis tout à-coup elle pleurait :

Où donc est-il, mon Dieu?... Que fait-il qu'il n'arrive?

De ses lèvres disait le murmure touchant;

Seule jusqu'à demain faudra-t-il que je vive?...

    A-t-il oublié son enfant?


Et pourtant ce matin, aux lueurs de l'aurore,

Après un doux baiser il m'a dit : à ce soir !

Il est si tard! pourquoi ne vient-il pas encore?...

    Aujourd'hui dois-je le revoir?


Et ses yeux revenaient au seuil de la chaumière;

Et son cœur inquiet, haletant, écoutait :...

Puis elle rebaissait sa tremblante paupière,

    Et tout-à-coup elle pleurait.


. . . . . . . . . . . . . . . . . . . . .


Et cependant la lune, en onde diaprée,

Prolongeait ses rayons au loin dans la contrée.

## II

Le lendemain, tout près de l'épais coudrier,

A l'écarté détour où le sentier dévie,

L'on trouva sur le sol, ensanglanté, sans vie,

Le corps de Jacques le vannier.


Jacques était parti de la ville voisine,

Du produit de la vente emportant un peu d'or;

Heureux père! à Martha l'ange de la chaumine,

Jacques apportait son trésor.


Mais le brigand maudit a guetté sa victime :

D'or et de sang avide, il frappe! O lâcheté !...

La mort seule veillait, fidèle hôte du crime,

Près du cadavre ensanglanté.


Rien que le lendemain, par la douleur suivie

La foule se pressait sous l'épais coudrier,

A l'écarté détour où le sentier dévie :

. . . . . . . . . . . . . . . . . . . . . . . .

L'on venait de trouver, ensanglanté, sans vie,

    Le corps de Jacques le vannier.


### III.

Et quelque temps après, les gens de la contrée,

En montrant une croix au bord de la coudraie,

Disaient en se signant : C'est ici le tombeau

Du père de Martha, la folle du hameau.

. . . . . . . . . . . . . . . . . . . . . . . .
. 
. . . . . . . . . . . . . . . . . . . . . . . .


Lorsque parfois, le soir, la lune dévoilée,

Venait de ses rayons éclairer la vallée,

Une femme passait couverte d'un manteau ;

Ralentissant ses pas tantôt elle soupire,

Tantôt, courant, sa voix éclate en un grand rire...

Puis, sans force, elle va s'asseoir sur un tombeau :

C'est la pauvre Martha, la folle du hameau.

. . . . . . . . . . . . . . . . . . . . . . . .

Le jour, auprès de l'âtre elle appelait son père...

Ses yeux étaient fixés au seuil de la chaumière...

Et venait chaque nuit s'asseoir sur le tombeau

La pauvrette Martha, la folle du hameau.

. . . . . . . . . . . . . . . . . . . . . . . . .

Puis lentement la lune, en onde diaprée,

Prolongeait ses rayons au loin dans la contrée...

IV.

Et maintenant, on voit, sous l'épais coudrier,

A l'écarté détour où le chemin dévie,

Une seconde croix à l'autre croix unie,

Quelques timides fleurs sur le bord du sentier.

. . . . . . . . . . . . . . . . . . . . . . . . .

Et depuis, chaque fois, les gens de la contrée

S'arrêtent en passant auprès de la coudraie,

Et vont, en se signant, prier sur le tombeau

De la pauvre Martha, la folle du hameau.

Septembre 1860.

# IX

---

## LES OMBRES DU SOIR

—

A MADAME F. D.

—

Pourquoi, lorsque la nuit étend ses voiles sombres,

Voyons-nous à l'écart errer de pâles ombres ?

Pourquoi, peint sur leurs traits, ce muet désespoir ?

Pourquoi ?.... Suivez les pas de ces ombres du soir !

Marchez bien lentement, suivez avec mystère,

Ces débris des humains, lambeaux de la misère !...

Mais si votre main donne, ah ! ne leur parlez pas ;

Passez !... les malheureux vous béniront tout bas.


Remarquez-vous là-bas, au milieu de l'allée,

Assise sur un banc cette femme voilée ?...

Et ne voyez-vous pas encor, triste, alarmé,

Ce jeune homme ? — Il a l'air d'être le bien-aimé !..

Mais, pour les amoureux, l'époque est mal choisie...

Et que fait donc aussi cette fille transie ?

— Sur la pierre accoudée elle semble prier :

— N'allez-vous pas au moins vous en apitoyer?

Vile fille du crime elle attend son complice....


C'est ainsi que jugeait du monde le caprice ;

Et cependant, là-bas, une fille priait...

Là-bas, triste et glacée, une femme pleurait...

Là-bas, à son côté, près de sa sœur, un frère

Essuyait en tremblant les larmes d'une mère !...

Tous trois mourant de faim, conduits là par l'espoir....

Heureux bourgeois du jour... et mendiants du soir !

C'est ainsi que souvent, sur le banc, délaissées,

Viennent pleurer, la nuit, trois fortunes brisées :

Victimes sans salut de l'agio trompeur ;

Novices commençant l'école du malheur :

Et si pourtant le monstre, auteur de leur misère,

De ses coursiers ardents guidant la fougue altière,

Vient à passer, sa roue éclabousse le deuil

De ceux dont l'infortune a payé son orgueil.


Victimes sans salut !... Et quoi ! dans la nature

Les petits des oiseaux trouveront leur pâture,

Tandis que dans son sein, cette mère sans foi

Oserait à la faim livrer l'homme son roi !...

Non, tu n'oserais pas, mère toujours chérie !

Des malheurs de tes fils ton âme est attendrie :

L'homme comme l'oiseau reprendra son essor,

Et ton sein maternel ouvrira son trésor.


Mais qui donc osera, dans ce val de souffrance,

Allumer le flambeau de la douce espérance ?

Du pauvre ranimer le regard attristé ?

Qui l'osera ?.... C'est moi ! répond la Charité...

Et soudain, quand la nuit répand ses voiles sombres,

Nos regards sont distraits par de légères ombres...

Mais pourquoi sur leurs traits ce souriant espoir ?

Pourquoi ?... Suivez les pas de ces ombres du soir...


Voyez-vous sur ce toit cette pauvre mansarde

Qui projette sur nous sa lumière blafarde ?

C'est là l'humble réduit des amoureux d'hier !

Sans doute que ce soir la rigueur de l'hiver

Empêche le jeune homme et la femme voilée,

De revenir s'asseoir sur le banc de l'allée ;

Et que la fille, enfant du crime dites-vous,

Chez elle a retenu son criminel époux !

Mais, venez avec moi, nous pouvons voir sans crainte

Ce qui se passe en haut dans cette pauvre enceinte !


Et, d'abord, contemplez l'aspect de ce réduit...

Mais qu'a votre regard ?... Il se trouble... interdit !...

Avez-vous dans ce lieu lu quelque noir présage ?...

Ou bien, de quel ami retrouvez-vous l'image ?...

Que sont donc devenus ces amoureux pervers ?...

Arrête, monde ingrat ! contemple ce revers !....


Vois ce jeune homme pâle, à la mine hâlée :

Ne reconnais-tu pas l'amoureux de l'allée ?

Vois cette jeune fille et cette femme en pleurs...

Dans ce petit réduit, vois combien de douleurs !

Ne reconnais-tu pas cette femme ridée ?...

La fille d'hier soir sur la pierre accoudée ?...

Ah ! Tu les reconnais, n'est-ce pas ?... Et bien, soit !

En touchant le malheur ainsi du bout du doigt,

Peut-être apprendras-tu que c'est ton injustice

Qui trop souvent, ô monde, autorise le vice !


Mais place !... inclinons-nous !... Et dans l'humble réduit

Une femme au long voile, un ange entrait sans bruit...

Et le monde frémit : il reconnut cet ange !

Il l'avait vu briller dans l'humaine phalange...

Sur ses traits retrouvant le souriant espoir,

Je m'inclinai plus bas : c'était l'ombre du soir.

Quand l'ange fut parti, les pleurs de la souffrance

Se changèrent bientôt en larmes d'espérance :

Et la mère pressait sur son cœur allégé

Et sa fille attendrie et son fils soulagé !

Les yeux levés au ciel, ses deux mains maternelles

Couvraient ses deux enfants comme deux tendres ailes ;

Et tous trois, à genoux, bénirent dans leur cœur,

La bienfaisante main de l'ange protecteur.


Soyez trois fois bénis, doux anges de la terre,

Vous, délégués du ciel auprès de la misère !....

Femmes que Dieu créa pour donner aux mortels

Une idée ici-bas des anges éternels,

Que vos noms soient bénis ! Votre mission sainte

Déjà les grave au ciel d'une divine empreinte ;

Et quand viendra pour vous l'heureuse éternité,

Votre ange introducteur sera la Charité !

Décembre 1859.

X

## FOIN DU CHASSEUR

—

A AURÉLIEN C.

—

Sur le penchant de la colline,

Alerte et joyeux, il chemine,

La carabine sous son bras.

Il part et jamais ne se lasse :

Lièvre, perdreau, canard, bécasse,

Foin du chasseur, n'approchez pas !

Restez, timides tourterelles,

Restez, restez sur vos tourelles :

Il est encore au fond du bois ;

Si votre compagne amoureuse

Vous appelle au loin langoureuse,

Foin du chasseur, ne sortez pas !


Bergère à la bouche vermeille,

Quand une voix, à ton oreille,

En soupirant dira tout bas :

Vois ma croix d'or, qu'elle est jolie !...

La veux-tu, bergerette amie ?...

Foin du chasseur, ne la prends pas.


ctobre 1860.

## XI

———

# LES JEUNES FILLES HEUREUSES

———

A THALIE G., ALICE ET HÉLÈNE C.

———

Frais bouquet de jeunes filles,

Vers vous un charme vainqueur

M'attire, et sous vos mantilles

Que je vous trouve gentilles,

Le soir lorsqu'à la lueur

De ces étoiles brillantes

Que reflète votre cœur,

Je vois vos grâces charmantes,

J'entends vos voix innocentes

Chanter l'hymne du bonheur !


Jours heureux de la jeunesse!

Jours enfants d'une caresse!

Tout est sourire à vos yeux ;

Et votre regard candide

Où brille une perle humide

Est comme un rayon des cieux !


J'aime en votre gai visage

L'aimable et tendre douceur

De votre cœur douce image ;

J'aime de votre bel âge

Le sourire et la candeur !

Mais j'aime aussi de votre âme,

Pur et céleste dictame,

Pour le malheur la bonté !

Car Dieu, pour l'aider sans doute,

Vous a placés sur sa route,

Beaux anges de charité !


Juin 1860.

## XII

---

## FLEUR DU MATIN

—

A THALIE G.

—

I — Ton parfum me réjouit,

II — Humble fleur de la nature ;

A — A ta corolle si pure

L — La perle brille et sourit,

I — Incorruptible parure,

E — Et ton sein s'épanouit.

Juillet 1860.

## XIII

# LE PAUVRE VIEUX

### I

Encore une nouvelle aurore !

Elle est peut-être pour mes yeux

La dernière que voit éclore

La cabane du pauvre vieux !

. . . . . . . . . . . . . . . . . . . .

Ainsi parlait, meurtri par l'âge et la souffrance,

    Un bon vieillard, vieux serviteur,

Inutile au travail, mais qui, pour espérance,

De son maître attendait pitié pour son malheur.


Né dans le même champ, nourri dans le servage,

Il ne connaît de loi que la fidélité ;

Soixante ans ont passé sur son long esclavage,

Et le vieux serviteur attend sa liberté.


## II


Un jour, jour de malheur ! Au maître à la voix dure,

De son cœur dévoué la voix a répondu ;

Mais ô délire affreux ! L'impuissante nature

Reste muette et sourde et n'a pas entendu....


    Et le vieillard en sa prière,

    Soupire, des pleurs dans les yeux ;

Mon Dieu protège en sa misère,

La cabane du pauvre vieux !


. . . . . . . . . . . . . . . . . . . . .


— Allons ! Debout, debout ! Car l'aurore se lève,

Et le travail demande un bras plus matinal ;

Debout ! Pour le travail il ne faut point de trève :

Que l'aube donne le signal !


— Seigneur, pour le travail déjà mon corps succombe ;

L'âge qui l'affaiblit a, sans ternir mon cœur,

Courbé mon corps usé vers le bord de la tombe,

Et la force a quitté votre vieux serviteur....


— Et bien, puisque ton bras ne peut plus m'être utile,

Demain tu chercheras un gîte en d'autres lieux ;

Où malgré ton corps faible et ta force débile.

Je te souhaite vivre en de longs jours heureux !

Et le vieillard en son martyre
Chassé du toit de ses aïeux,
Demande et pleure en son délire,
La cabane du pauvre vieux :


### III

Quoi ! Seigneur, j'ai servi soixante ans vos ancêtres,
Eux et vous, soixante ans avez été mes maîtres ;
Soixante ans de travail qui mes bras ont lassé
M'ont donc fait à vos yeux digne d'être chassé !...


Chassé de l'humble toit, gardien de mon enfance,
Que de doux souvenirs rendent cher à mon cœur ;
Où mon père écrivit en signe d'espérance :
    « C'est le toit du vieux serviteur ».


Et maintenant, si vieux !... Près de mon agonie,
Toit cher, en te quittant, je mourrai de douleur !
Ah ! Qu'où fut mon berceau, là s'achève ma vie,
    Sous le toit du vieux serviteur !....

. . . . . . . . . . . . . . . . . . . . . . . .

Il lui faut obéir au maître impitoyable,

Et seule sans soutien errait sa pauvreté,

Mais un ange au vieillard tend sa main secourable,

C'est l'Ange de la Charité !....

. . . . . . . . . . . . . . . . . . . . .

IV

Et quelques jours après, la cloche monotone

Annonçait un mourant aux fidèles pieux ;

Un frère va vers Dieu ! Priez ! La cloche sonne

Pour le départ du pauvre vieux !

Bon vieillard, jusqu'au cimetière,

T'accompagne notre prière,

Et qu'elle monte jusqu'aux cieux !

Mon Dieu ! Pour prix de sa souffrance,

Que le Ciel soit sa récompense !

Ayez pitié du pauvre vieux !

. . . . . . . . . . . . . . . . . . . .

La malédiction du pauvre est bien terrible ;

Car c'est la voix du ciel que la voix du malheur !...

Rachète, riche dur, à ses pleurs insensible,

La malédiction de ton vieux serviteur !....

Juin 1860.

XIV

## LE REPENTIR DU VAGABOND

Il est minuit, tout dort, je viens dans le mystère,

Implorer à genoux tes mânes irrités ;

Ton spectre du sommeil a privé ma paupière,

D'un aiguillon de feu mes jours sont tourmentés.


Vagabond j'avais fui, mais je reviens fidèle.

Des forfaits d'un ingrat détruis le souvenir !

Ombre de mon amour, vois ma douleur cruelle,

Du vagabond maudit bénis le repentir !...

Loin de toi bien souvent, au sein de la nuit sombre,

J'ai cherché dans le crime un repos qui me fuit...

Devant mes yeux sanglants je vois dresser ton ombre...

Et le remords vengeur sans cesse me poursuit!...


Vagabond j'avais fui, mais je reviens fidèle.

Des forfaits d'un ingrat détruis le souvenir !

Ombre de mon amour, vois ma douleur cruelle,

Du vagabond maudit bénis le repentir !


Une nuit, tout dormait dans l'ombre et le mystère.. .

De mon bras criminel le poignard échappé

Frappe au sein d'une femme!.. Horreur!.. c'était ma mère!..

La victime est la mère... et le fils a frappé !....


Vagabond j'ai vécu, je veux mourir fidèle !

Du crime de ton fils détruis le souvenir !

Ombre de mon amour, en sa douleur cruelle,

Du vagabond qui meurt bénis le repentir ! !....


Août 1860.

# XV

## VANITAS VANITATUM

Vanité des mortels ! Dans sa lente agonie,

Le temps, qui toujours marche et jamais ne revient,

Roulant de six mille ans la cendre refroidie,

Du néant au néant indivisible lien,

Le temps aveugle accourt : le monde est sa carrière,

Son char, c'est le destin, son but, l'éternité ;

Des siècles orgueilleux renversant la barrière,

Il marche dans sa force et dans sa liberté.

Fortune, à t'encenser tout un peuple se lasse ;

Déesse, entends la voix de tes adorateurs ;

Exauce, tu peux tout !... Voici le temps qui passe,

Pour éviter sa faux, prodigue tes faveurs !

Eh ! Quoi ! Spectacle affreux ! Quelle main téméraire

Vient briser dans tes mains le sceptre du progrès ?...

Mais c'est la main du temps !... O fortune éphémère,

Tes roses du matin le soir sont des cyprès !...

Parez-vous, fiers mortels ! Et toi, grandeur humaine,

Viens te draper encor dans ton manteau de fleurs ;

Fais briller à nos yeux, pompeuse souveraine,

Tes honneurs, tes plaisirs, tes fêtes, tes splendeurs;

Règne !... Mais sur ton front quel noir géant se lève ?

Son bras impur écrase en son impiété !...

C'est le temps ! Sur ta tombe il trace avec son glaive :

« Mortels, Dieu seul est grand ! Le reste est vanité !! »

Novembre 1860.

# TABLE.

www.ingramcontent.com/pod-product-compliance
Lightning Source LLC
Chambersburg PA
CBHW061644180626
46818CB00003B/962